PASSELIVRE

primeiros amores

Angela Chaves

Ilustrações de
Melissa Guimarães

CB059572

© Companhia Editora Nacional, 2009
© IBEP, 2024

Diretor superintendente Jorge Yunes
Diretora editorial Célia de Assis
Editor de literatura Ricardo Prado
Editora assistente Priscila Daudt Marques
Revisão Luicy Caetano
Lia Ando
Ilustração Melissa Guimarães

Dados Internacionais de Catalogação na Publicação (CIP)
(Câmara Brasileira do Livro, SP, Brasil)

Chaves, Angela
Primeiros amores / Angela Chaves ; ilustrações
de Melissa Guimarães. -- São Paulo : IBEP, 2009. --
(Coleção passelivre)

ISBN 978-85-342-2644-8

1. Amor - Literatura infantojuvenil 2. Namoro Literatura infantojuvenil
I. Guimarães, Melissa.
II. Título. III. Série.

10-00052   CDD-028.5

Apêndices para catálogo sistemático:
1. Amor : Literatura infantojuvenil 028.5
2. Amor : Literatura juvenil 028.5
3. Namoro : Literatura infantojuvenil 028.5
4. Namoro : Literatura juvenil 028.5

1ª edição – São Paulo – 2012
Todos os direitos reservados

R. Gomes de Carvalho, 1306 – 11º andar - Vila Olímpia
São Paulo – SP – 04547-005 – Brasil – Tel.:(11) 2799-7799
https://editoraibep.com.br/ – atendimento@grupoibep.com.br
Impresso na Leograf Gráfica e Editora - Junho/2024

Sumário

1 - Um amor, duas brigas e muito pouco entendimento, 5
2 - Depois da tempestade, continua a confusão, 13
3 - Um peteleco e um primeiro amor, 18
4 - No dia seguinte, 33
    Quatro patas de um amor impossível, 36
5 - No outro dia, a terceira noite, 43
    Um ídolo do outro lado da linha, 44
6 - Mais uma noite, mais uma história, 51
    João e um amor de professora, 53
7 - A última noite, 59
    Bicho que complica, 60
8 - O final, 69

Para Luiza,
menina cheia de ideias e
questões, como Ana Flor.

Agradeço especialmente a Bernardo Guilherme, sempre;

A meu grande amigo Luiz Carlos Maciel;

A Sonia Rodrigues, que me apontou caminhos;

A Glória Chaves, minha madrinha;

A Ana Cunha, Bebel, Malu e Alessandra, que leram, comentaram e torceram;

A Clara Maia, minha primeira leitora na idade dos primeiros amores;

E a André Guilherme, que chegou, me fez parar... e escrever.

1

Um amor, duas brigas e muito pouco entendimento

Naquele dia, Ana Flor chegou da escola e foi logo ligando a televisão. Ela sempre fazia isso quando não estava a fim de papo com ninguém. Televisão é coisa que fala sozinha, não pede opinião nunca e jamais espera resposta. É uma companhia maravilhosa para gente chateada. E Ana Flor andava chateadíssima. Ultimamente, sua vida era uma sucessão de "dias-não". "Dias-não" são o contrário de "dias-sim", aqueles maravilhosos em que tudo de bom acontece. Nos "dias-não", chove mesmo quando faz sol, tudo dá errado, o cabelo fica uma droga e parece que todas as amigas se reúnem e desaparecem da face da Terra só para você ficar vendo televisão na sala sozinha e se sentindo o maior lixo do mundo. O melhor a fazer nos "dias-não" é se isolar. E comer.

— Mãe, estou com fome! Quero comer — limitou-se a dizer quando viu a mãe entrar na sala.

A mãe até que era muito gente boa. Só tinha um pequeno defeito: nunca parava de falar.

— Ai, Aninha, o jantar está quase pronto. Antes eu vou tomar um banho, sabe, porque o dia de hoje... Você não acredita, minha filha! Foi uma chateação atrás da outra!

E, sem nem perguntar se Ana queria saber, começou a falar de trabalho, chefe chato, engarrafamento, atraso, mais engarrafamento, porque o trânsito, minha filha, em Botafogo, às cinco, é um horror e... Blá-blá-blá... Blá-blá-blá... O problema é que os problemas da mãe eram sempre muitos e nunca pequenos.

Sem nem se dar conta, Ana Flor foi aumentando o volume da televisão, escorregando mais no sofá, até deitar seus longos cabelos negros na almofada, e deu graças a Deus quando a mãe entrou no chuveiro. Pronto: agora, sim, podia ficar curtindo em paz a sua primeira dor de cotovelo.

Ana Flor há mais ou menos um mês tinha começado a namorar Caio, o menino mais fofo do prédio. Era seu primeiro namoro. Ela paquerou Caio um tempão no *play*, sem coragem de falar nem "oi", até o dia em que descobriu que ele também gostava dela.

— Ana Flor, você quer namorar comigo?

Parecia um sonho, mas foi assim que ele disse, na bucha, no meio da festa de Paulinha.

– Quero – respondeu a menina, arregalando sem querer os olhos, escuros como a noite.

O chão parecia que ia sumir debaixo dos pés. Mas não sumiu. Quem sumiu foi Caio, que saiu correndo, fugindo envergonhado, mas feliz. Antes, teve tempo e coragem para dar um beijo na bochecha da namorada. Ana Flor e Caio passaram o resto da festa assim. Cada um na sua, cada um para um lado. Ele jogando bola com os meninos, ela dançando com as meninas. Mas a galera toda já sabia: eram namorados e ponto final.

Caio era um fofo mesmo. Vivia dando presentes fofos para Aninha. Colocava poemas embaixo da porta, deixava balas na portaria e até levava chocolate para ela no *play*. Eles mal se falavam, mas iam seguindo assim: um namoro cheio de clima sempre, mãos dadas de vez em quando e nunca mais nem um beijinho na bochecha.

Mas um dia, nem sei bem por que, eles brigaram. Briga feia, como só os namorados sabem brigar. E séria também, porque, depois disso, eles decidiram terminar tudo. Deve ter sido porque Ana Flor ficou muito amiga de Maurício, um menino que andava de *skate* bem demais. Fazia manobras radicais, dentro e fora da pista, usava um brinco de argolinha e tinha onze anos, dois a mais que Caio! Ana

Flor nunca se importou de o namorado ser um pouco mais novo do que ela, mas Caio não gostou nada de ver a namorada aprendendo a andar de *skate* com Maurício. Emburrou de tal jeito que parou de cumprimentar a garota. E quando ela foi perguntar o que tinha acontecido, ele disse, de novo na bucha, como era de seu estilo:

– Não quero mais namorar você.

– Por quê, Caio? Eu não fiz nada!

– Porque não quero. Cansei. Esse negócio de namoro é muito chato.

Ana Flor ficou arrasada. Dizem que ele também. Mas ficaram assim... terminadíssimos. Foi por causa da briga com Caio que ela andava tão chateada há três dias, todos "dias-não".

Quando a mãe colocou o jantar, já eram mais de oito horas. Já estava quase na hora da novela, e Ana Flor comeu rapidinho para não perder o capítulo, que seria emocionante. A mãe continuava preocupada com o trabalho, não parava de entrar e sair da internet, mas deu um jeito de parar tudo e ver a novela também.

– Afinal, é hoje que Ela vai se encontrar com Ele!

A mãe não se esqueceu do encontro na novela, mas, em meio a seus problemas importantíssimos, acabou se esquecendo de uma coisa muito mais importante. Pelo menos para Ana Flor. Parecia que aquela noite ia terminar como todas as outras, mas, de repente, tudo mudou.

Na hora de dormir, Ana Flor foi dar um beijo de boa-noite na mãe, só que, em vez do "boa-noite" de todos os dias, ouviu um grito:

– Ai, meu Deus! Ana Flor! Eu esqueci!

Ana Flor já estava acostumada com os gritos da mãe, por isso nem susto levou.

– Amanhã você lembra, mãe.

– Não, Ana Flor. Já lembrei. Seria bem melhor se eu não tivesse esquecido o que esqueci. Mas quem é que controla o esquecimento?! Ninguém consegue lembrar de não esquecer o esquecido... Senão, não esquecia.

– Mãe, o que você esqueceu? – perguntou a menina, já pressentindo o pior.

– Antes de você chegar da escola, o Caio veio aqui querendo falar com você. Ele deixou um bilhete... Disse que era urgente e...

– Cadê, mãe? – gritou a menina, dando um pulo para a frente.

– Tenho certeza de que está aqui, só preciso me lembrar onde!

A mãe se atrapalhou um pouco. Por fim, acabou encontrando o papelzinho no meio das contas de luz, gás e telefone.

– Desculpe, filha, mas é tanta coisa na minha cabe...

A mãe nem teve tempo de completar a frase. Foi o tempo de a menina ler e berrar:

– Mãe, como é que você pôde fazer isso comigo? Você estragou tudo!

– Esqueci, filha. Adulto não é que nem criança, adulto é cheio de coisa e esquece. Mas também não é o fim do mundo! Acontece.

– Acontece que você é uma... uma... insensível!

Ana Flor correu para o quarto, chorando. E acabou deixando o bilhete cair no chão.

A mãe, chateada com o esquecimento, mas assustada com a reação da filha, correu para pegar o bilhete. E leu:

Ana Flor,
Se você estiver com saudade de mim, me encontre no play, às oito em ponto. Se não, não precisa aparecer. Eu entendo e nunca mais te procuro.

Caio

Era um bilhete de pazes, que a Ana Flor não fez. Não fez porque não recebeu na hora em que era para ter recebido. E não recebeu porque a mãe não entregou. Esqueceu. Agora, lá estava a mãe, parada na bela sala, toda decorada por ela, sem saber o que fazer para consolar a filha. Respirou fundo, criou coragem e rumou para o quarto de Ana Flor:

– Aninha, me desculpe! Não dá pra você explicar pro Caio o que houve? A culpa foi minha...

– Foi mesmo, mãe. São mais de nove horas! O Caio deve estar pensando que eu não ligo pra ele. E, na verdade, *você* é que não liga pra mim!

– Não é verdade. Eu ligo, sim!

– Liga coisa nenhuma. Você só liga pra você!

– Acho que você está exagerando, minha filha – tentou defender-se a mãe.

– Exagerando? Se fosse eu que tivesse esquecido, nesta hora, eu já estava de castigo! Eu não posso botar você de castigo, mãe!

A mãe, de uma hora para outra, tinha virado, aos olhos

da filha, uma destruidora de corações. Começou, então, a sentir-se a pior mãe do mundo. Aliás, pior do que a pior mãe. A pior vilã de novela das oito, daquelas bravas, que passam o tempo todo querendo separar a filha do namorado. Sem querer, lembrou que já tinha falado mais de mil vezes: "Aninha, criança não namora. Brinca de namorar..."

Porque tinha esquecido, quem sabe por causa das contas, do chefe chato ou do engarrafamento, a importância de um primeiro amor.

– Mãe, me deixa sozinha, tá?!

– Vamos conversar... Que tal eu falar com o Caio amanhã e explicar tudo?

– Mãe, tem horas que eu detesto você. Muito!

Só então a mãe percebeu que Ana Flor tinha crescido, quando viu nos seus olhos que ela estava sofrendo de verdade. Sofrendo por causa do primeiro amor. A mãe sentiu o tamanho da mágoa que causou e, rapidamente, fez uma equação na cabeça:

Se ontem (Ana Flor era pequena) é diferente de hoje (Ana Flor me odeia), isso significa que amanhã é igual a "preciso fazer alguma coisa urgente!".

Mas o quê?

De qualquer forma, era melhor deixar para resolver o amanhã amanhã mesmo. Agora, Ana Flor já estava batendo a porta do quarto e ligando o som no volume mais alto.

2

Depois da tempestade, continua a confusão

No dia seguinte, Ana Flor chegou da escola e foi direto ao *play*. Ia tentar *falar* com Caio e esclarecer tudo. O problema maior era falar com Caio, já que ele quase nunca se aproximava dela! Mas Ana Flor estava decidida a quebrar o gelo. Afinal, eram ou não eram namorados?

Não, não eram.

Mas foram. E iam voltar a ser. Somando tudo, dá no mesmo.

Foi botar o pé no *play*, toda cheia de confiança, para Paulinha estragar tudo:

– O Caio já veio e já foi.

– Subiu? – perguntou Ana Flor.

– Não. Saiu. Foi dormir na casa do pai.

Ninguém gosta de quem traz notícias ruins. Mesmo quando elas são de verdade.

— Ah, que droga, Paulinha! – reclamou Ana Flor, como se a amiga tivesse alguma culpa.

— Vamos jogar queimado? – perguntou Paulinha, sem se importar muito com a cara chateada da amiga.

— Não – disse Ana Flor, desanimada, e foi embora.

Em casa, Ana Flor estranhou muito o jeito da mãe. Em vez de estar ao telefone, no computador ou no banho, a mãe estava mesmo era esperando por ela, com um sorriso bem sorridente no meio da cara.

— Falou com o Caio?

— Não, mãe. Hoje ele não tá. Mas ontem ele tava.

A mãe percebeu que estava na hora de mudar o resultado da equação que tinha feito na noite anterior. O amanhã tinha chegado! Mas a dúvida continuava: como convencer Ana Flor de que ela realmente se importava?

— Ana Flor, eu sei que o que fiz não foi nada legal... – começou a falar.

— Foi muita falta de respeito, mãe. Puxa vida, era o meu namoro! E você estragou tudo!

— Eu sei que você está me achando uma insensível! Mas eu não sou! Pode até parecer... Mas eu não sou mesmo – desabafou a mãe.

— Sabe qual é o maior problema, mãe? Eu não posso confiar em você!

— Claro que pode! Sou sua mãe!

– Uma mãe insensível! – dizendo isso, a menina ligou a televisão e fim de papo.

Fim de papo nada. A mãe não estava disposta a dar a batalha por encerrada.

– Ana Flor, eu dei um furo, tudo bem! Mas isso não vai ficar assim, não! Eu vou te provar que eu não sou uma pessoa assim, do tipo que não liga...

Ana Flor se interessou e desviou os olhos da televisão.

– Vai mesmo? Então prova! – desafiou a menina.

– Como? – perguntou a mãe, angustiada.

– Sei lá, ué!

Ana Flor não sabia. Muito menos a mãe.

Aliás, a mãe nem tinha ideia... Mas precisava pensar em algo rápido para provar que sabia tudo de amor e dava a maior força para os apaixonados do mundo. No fundo, precisava urgente era de uma operação-resgate da sua imagem, que ficou suja à beça com a filha. Mas como seria?

De repente, quando parecia que a cabeça estava mais vazia do que folha de papel sem nada escrito, aconteceu o milagre. A ideia surgiu.

Ideia é assim: quando surge – e nem sempre dá as caras – não avisa, aparece de repente, iluminando tudo como se fosse a luz de uma casa acendendo na cabeça.

– Ana Flor, vou te fazer uma proposta. Você aceita se quiser – disse a mãe.

– Que tipo de proposta?

– Até o fim da semana, eu vou te provar que sou uma pessoa muito sensível. Sabe por quê? Porque eu sei um montão de histórias de amor, minha filha! E não é história de livro, que todo mundo sabe, não. São histórias minhas, que eu guardei.

Ana Flor não entendeu nada. O que uma coisa tinha a ver com a outra? Saber história de amor e ser ou não ser insensível?

– Sua vó dizia que a gente pode julgar uma pessoa pelas histórias que ela conhece. E eu conheço muitas! Se eu te contar todas as que eu conheço... Hoje é terça, aposto que antes do fim de semana você vai ter uma outra opinião sobre mim.

– Mãe, você quer contar historinha pra eu dormir? – perguntou Ana Flor, desapontada com mais esse furo.

– Duvido que você durma... São histórias de amor.

– É uma aposta, então? – perguntou a menina, já toda animada.

A mãe balançou a cabeça.

– Não é bem uma aposta. É mais um combinado entre nós duas. Se até o fim da semana você continuar achando que eu sou uma insensível, tudo bem. Eu deixo. E até concordo com você.

Ana Flor achou a ideia meio maluca. Como, aliás, muitas ideias que a mãe já teve. Depois, pensou bem e viu que não tinha nada a perder. A mãe é que ia perder um tempão sem falar ao telefone ou sem usar a internet.

"Na certa, ela não vai aguentar. Vai se arrepender antes de sexta-feira! E aí... eu ganho essa *aposta!*", imaginou a menina.

E foi assim que, naquela mesma noite, a mãe de Ana Flor começou a contar suas histórias de amor. E começou logo com a história de Peteleco para mostrar que com primeiro amor não se brinca.

3

Um peteleco e um primeiro amor

Peteleco era o menino mais famoso da rua onde ele morava. Quer dizer, o nome dele não era bem Peteleco. Mas quem é que sabia qual era o verdadeiro nome de Peteleco? Era conhecido assim e assim ficou. Quem já teve apelido sabe que, quando pega, gruda mais na gente que chiclete na sola de sapato. Peteleco tinhas uns treze anos e não fazia o menor sucesso com as garotas: era tímido como um porquinho-da-índia e magro como um bicho-pau. Usava óculos fundo de garrafa, e só quem já usou óculos fundo de garrafa sabe como sofre quem os usa. Para ter uma ideia, antes de ser conhecido como Peteleco, teve um monte de apelidos:

– Olha lá o Quatro-Olhos!

– Sai da frente, Ceguinho!

– Fala aí, Garrafão!

Até gostou de virar Peteleco. Foi por causa dos golpes de caratê meio fajutos que ele aprendeu vendo os filmes da série *Karatê Kid*. Andava pela rua chutando paredes e árvores, e, como era meio fraquinho, a garotada dizia que ele vivia dando petelecos no mundo. Aliás, por causa dessa mania estranha, duas vizinhas bem velhas, que já não regulavam muito bem, juravam que Peteleco não regulava nada bem.

Um dia, Peteleco se apaixonou de verdade. A eleita do seu coração foi Carminha, que se mudou para uma casa colada na sua, na vila. Peteleco ficou louco por ela, desde a primeira vez que a viu. Dos tipos de primeiro amor, o que acontece à primeira vista é dos mais sérios. Rola como uma faísca que junta olho com olho, magnetiza que nem ímã, e ninguém consegue ver mais nada além daquela pessoa na frente.

É como um joão-bobo... Amor à primeira vista transforma qualquer um em joão-bobo.

Quando Carminha chegou com a mudança, Peteleco estava na porta de casa, doido para saber se quem estava se mudando era um menino, uma menina ou um cachorro. Preferia um cachorro, porque não gostava muito de gente. E torcia para ser um labrador bem grandão, já que sua mãe nunca deixava ele ter um.

Qual não foi a surpresa quando viu chegando de mala e cuia uma menina ruiva e um labrador dourado! Carminha tinha um labrador! E era ela quem cuidava dele. Querendo se enturmar na vizinhança, Carminha foi logo puxar conversa com Peteleco.

– O nome dele é Bruce. O Bruce detesta tomar banho, mas adora se molhar na chuva. Sabia que eu preciso sair três vezes por dia com ele? É fogo! Dona de cachorro não tem sossego...

Peteleco riu de nervoso. E de tão nervoso não conseguia pensar em nada para dizer. Também nem precisava. Carminha falava pelos dois, aliás, pelos três, porque Bruce prestava atenção em tudo.

– Aqui é mais longe da minha escola. Vou ter que pegar ônibus. Mas tudo bem, até que eu gosto. E você? Pega ônibus também?

– Eu? – assustou-se Peteleco, já completamente transformado em joão-bobo.

– Você é muito engraçado. Não presta atenção em nada!

Carminha riu e ficou ainda mais bonita. Ela tinha uma voz gostosa, de menina, meio melosa, fofa. E um sorriso encantador. Peteleco não estava acostumado com tanta simpatia. E bebeu as palavras da menina, de boca abertona. Naquele momento, só queria uma coisa na vida: que Carminha nunca mais saísse dali! Peteleco, tímido que era, teve um momento de inspiração:

– Eu não sabia que gatas podiam cuidar de cachorro – disse.

Não fez a menor diferença. O mal já estava feito: os cabelos de Carminha, ou a voz, ou os olhos, ou quem sabe tudo isso junto, jogaram o feitiço. Desde aquele dia, Peteleco passou a acompanhar a vida de Carminha. Sabia a que hora ela ia à escola, a que hora ia à natação, a que hora levava Bruce para passear, a que hora ficava de papo no telefone e até a hora em que ia ao banheiro. Cruzes! Peteleco era como um vigia, que só largava o serviço quando Carminha ia dormir.

Além de espiar tudo (às vezes com binóculo), tinha uma tática infalível: encostava a orelha num copo de vidro e o apoiava na parede da sua casa (que era colada na parede da casa de Carminha) e ficava ouvindo os barulhos. Descobria tudo!

– Peteleco, para de ouvir a conversa dos outros, menino! Deixa de ser fofoqueiro! – a mãe dele, dona Miranda, brigava.

– Peraí, mãe! Xi, hoje o doutor Seabra tá nervosão!

Doutor Seabra era o pai de Carminha. Tão cheio de gordura quanto de enfezamento, era a figura mais temida pelos meninos, pois era capaz de brigar com qualquer um por qualquer motivo. Menos com Carminha. Mas naquele dia...

– Ele tá gritando... Ele tá gritando muito.... Caramba, ele tá dando a maior bronca! E é na Carminha!

Peteleco queria fazer alguma coisa para salvar Carminha, mas não sabia o quê... E, como de onde estava não escutasse muito bem, só ouvia gritos e choro. Gritos do doutor Seabra e choro de Carminha, é claro.

– Droga! A coisa que eu mais odeio no mundo é injustiça, mãe!

– Menino, você não sabe nem o que aconteceu direito. Se mete com a sua vida! – disse dona Miranda, que já estava um pouco preocupada com a mania do filho.

– Mãe, você não entende. A minha vida é a Carminha!

Se dona Miranda estava preocupada antes, imagine depois que ouviu essa resposta maluca! Mas resolveu deixar passar. "É coisa da idade", pensou.

Idade que nada, era maluquice de amor mesmo. Peteleco não controlava mais as emoções. Como ficou com raiva, com muita raiva do doutor Seabra, resolveu fazer alguma coisa para vingar a bronca na amada. À noite, enquanto a rua inteira dormia, Peteleco esvaziou todos os pneus do carro do futuro sogro. De testemunha, apenas Bruce, mas ele ficou de focinho fechado, não falou nada para ninguém. Até abanou o rabo para o Peteleco. Vai ver também estava com raiva da "injustiça".

Foi um deus nos acuda! Doutor Seabra, quando viu o seu amado Fusca todo arriadinho no chão, queria matar um! Tentou descobrir de todo jeito quem tinha feito aquilo: perguntou, investigou, acusou. Esbravejou com a rua inteira. Menos com Peteleco, um menino tão bonzinho, tão simpático, tão educado...

– É óbvio que o Peteleco não foi – disse o doutor Seabra. – O meu faro para desajustados não me engana.

Das duas uma: ou o doutor Seabra andava resfriado ou o nariz dele já não era mais o mesmo! O fato é que ele nunca descobriu o autor do atentado. Mas dona Miranda, que de boba não tinha nada, desconfiou. E, por via das dúvidas, deixou o filho uma semana sem televisão.

Peteleco nem ligava. Que televisão que nada! O melhor programa é a Carminha!

Peteleco estava começando a ficar doente de amor.

♦ ♦ ♦

Todo santo dia, Peteleco dava um jeito de ficar sempre por perto quando Carminha saía: ficava na janela, na porta, ou mesmo na rua, disfarçando sua presença, tentando parecer natural. No fundo, controlava todos os horários da amada, fazia de tudo para receber um simples "bom-dia". Ou quem sabe um cumprimento mais simpático, como "Tudo bem?". Valia até mesmo um básico "Oi, vizinho!".

Carminha não chamava Peteleco de Peteleco, dizia "vizinho". Ele se desmanchava...

Com o passar do tempo, não acontecia mais nenhum cumprimento: nem o básico, nem o simples, e muito menos o simpático. Carminha acostumou tanto com a presença do garoto em seu caminho, que era como se ele fosse apenas mais uma árvore, uma parede ou mesmo um poste – do jeito que ele era magro e sem graça.

Um dia, aconteceu o pior. Carminha saiu de casa cedo, como sempre fazia às terças, e quando percebeu Peteleco na porta da vila, olhou para ele assustada e virou a cara! Foi tudo muito rápido, mas deu para perceber que ela virou a cara de propósito. Peteleco ficou no vácuo, arrasado.

– Por que a Carminha fez isso comigo? O que foi que eu fiz???

Neste dia, ele não comeu o lanche, não prestou atenção na aula e chutou tanto a parede com golpes de caratê que formou um monte de calos no pé.

Contou os minutos para acabar a escola e voou até sua casa, só para acompanhar a chegada de Carminha na hora do almoço. Mas, quando ela saltou do ônibus e viu Peteleco na porta da vila, fez uma cara de horror como se tivesse visto um fantasma. Depois, foi correndo telefonar de um orelhão. Logo, logo o pai de Carminha apareceu, plantado atrás de Peteleco. Estava transtornado:

– Garoto, vou avisar pela primeira e última vez: nunca mais vigie a minha filha!

Naquele instante, Peteleco pôde comprovar que o doutor Seabra, quando estava com raiva, se transformava numa espécie de primo do Hulk – só que barrigudo e, em vez de verde, vermelho que nem um pimentão. Era a visão do inferno. Porém, mais do que pânico, foi dor o que Peteleco sentiu, quando ouviu:

– Pode vir, filhinha, esse Peteleco não vai ser besta de fazer de novo.

Carminha estava quase chorando. Imagine! Do orelhão, tinha ligado para o pai, pedindo proteção. E foi aí que Peteleco percebeu que Carminha não só descobriu que ele a vigiava, como odiou ser vigiada por ele. Ficou com medo de Peteleco, achou o vizinho maluco de hospício.

– Pai, ele parece uma sombra atrás de mim: não tem uma vez que eu saio em que não encontro com ele, me olhando, me cercando. Me ajude! Estou com medo, pai!

Esse exagero de medo foi por causa da gota d'água que aconteceu exatamente no dia anterior àquele em que o doutor Seabra estava vermelho como um pimentão na frente do Peteleco. Gota d'água ocorre quando um pote de paciência enche para quase transbordar, mas ainda não. Até que um desavisado pinga uma gotinha, que pode até ser minúscula, mas... a tragédia acontece. E quase sempre vem em forma de tempestade.

No dia anterior, Carminha saiu para passear com Bruce, como sempre. E, como sempre, Bruce foi direto à mangueira fazer um xixizinho. Espera daqui, espera dali... Carminha olhou para cima e, além de um monte de mangas madurinhas, adivinha só o que viu? A cabeça de Peteleco! Ele estava trepado na árvore que nem um macaco, tirando umas fotos de Carminha!

– É ou não é um doido? – perguntou ao pai, apavorada.

Peteleco sentiu fundo no peito. Tinha planos de se tornar um grande detetive quando crescesse. Por isso, já ia treinando a profissão: se disfarçava, espionava, se escondia como ninguém. Pelo menos, era o que achava. Ficou arrasado por ter sido descoberto em sua camuflagem.

Carminha não ficou arrasada. Ficou assustada, isso sim. Andava com a imaginação a mil por hora. Coisa de menina. Tinha visto um filme em que um homem maluco, de aparência normal, ficava doido por uma garota, que não ligava para ele, e depois a sequestrava e matava. Que exagero, Carminha!

– Peteleco, quero as minhas fotos! – berrou.

Doutor Seabra obrigou Peteleco a devolver o rolo do filme.

Depois, obrigou a esposa a levar um papo com dona Miranda. A mulher foi, não porque fosse obediente, mas porque queria dar o telefone de uma psicóloga para o vizinho.

— Dona Miranda, se a senhora quiser, eu tenho também o número de uma mãe-de-santo que é tiro e queda. Se o seu menino tiver com o encosto de algum sequestrador de meninas, ela liberta, isso liberta!

A mãe de Peteleco, católica fervorosa, ficou horrorizada com o conselho e expulsou a vizinha de casa com todos os números de telefone na mão. Resultado: não só Carminha virava a cara para Peteleco como também as mães e até os pais pararam de se falar.

Pobre Peteleco. Seu mundo caiu. Não podia mais esperar a menina na porta da vila nem acompanhá-la para pegar um ônibus ou caminhar ao lado dela até a natação. Tinha que se contentar em espiar, bem escondido, atrás da cortina da sala, alguns passos da sua amada.

Foi quando nosso apaixonado achou que nada pior podia acontecer em sua vida do que a tragédia que sucedeu: Carminha apareceu com um namorado. Aí Peteleco abandonou definitivamente a cortina da sala: não dava para ficar espiando os mil e um beijinhos que Carminha oferecia todos os dias, sem o menor pão-durismo, ao seu namorado, que era mais velho, mais forte e mais bonito.

Peteleco curtiu sozinho a maior dor de cotovelo – embora o cotovelo fosse a parte do corpo que menos doesse. Doía o peito, os olhos de tanto chorar e até a mão – de tanto que ele socava a parede, as árvores e os móveis com golpes de caratê. Todo mundo da vila percebeu o sofrimento de Peteleco. A dor era tamanha que parecia que nunca ia passar. Mas passou. Junto com o tempo.

Só que antes Peteleco virou herói.

❖ ❖ ❖

Alguns meses depois da confusão, Peteleco viu Carminha indo à feira para a mãe e não resistiu: resolveu segui-la bem discretamente, como nos velhos tempos. Bendita hora em que tomou essa decisão. Deve ter sido o anjo da guarda da Carminha que enviou uma mensagem para o anjo da guarda do Peteleco e combinou tudo.

Carminha ia bem, olhando para ontem, que nem percebeu um menino a esperando na esquina. Era um garoto estranho, com olhar de tubarão-branco, que pilotava uma bicicleta como se fosse uma arma. Quando Carminha se aproximou, ele fez um movimento brusco, deu uma fechada e imprensou a garota contra uma parede:

– Perdeu. Passa a grana ou te dou uma bifa na cara!

Carminha ficou tão assustada que paralisou, não conseguiu nem gaguejar. Peteleco, que vinha logo atrás, percebeu tudo. Era um assalto! Na mesma hora em que o garoto pulava em cima de Carminha para bater no braço dela, Peteleco pulava em cima do garoto para socar a cara dele. Com seus golpes de caratê! Os mesmos que eram chamados de petelecos pela garotada da rua. E sabe o que aconteceu?

O garoto ficou tão assustado que saiu correndo, mais rápido que um jato supersônico.

– Valeu, vizinho, você foi meu anjo da guarda! – gritou Carminha, soluçante.

Imagina, de uma hora para outra, Peteleco virou anjo da guarda! E foi recebido com honras pelo doutor Seabra e pela mãe da Carminha num lanche feito especialmente para ele.

– Digo e repito: quem tem um Peteleco como sombra não precisa de segurança! – disse o doutor Seabra, achando que fazia a maior graça.

Orgulhoso que era das suas ideias, espetou uma medalha de honra ao mérito no peito do novo herói. Peteleco preferia mil vezes que fosse Carminha quem espetasse um beijo em sua boca, mas isso não rolou. Por mais que ela estivesse agradecida, não deu beijo nem abraço. Deu tudo isso no namorado, quando ele chegou. Que injustiça!

Nem tanto. O melhor da história é que o namorado da Carminha também ficou agradecido.

– Peteleco, você é um cara legal. Vamos ser grandes amigos.

E foram mesmo. A partir daquele dia, o namorado de Carminha se tornou amigão de Peteleco. E fez tudo por ele: ensinou-o até a jogar futebol. Peteleco, que antes não sabia dar um chute sem levar um tombo, virou o goleiro da galera.

Era até disputado nas partidas. Sempre saía junto com Carminha e o namorado. Iam ao cinema, a festas, a jogos de futebol... Quando o olho de Peteleco ficava muito comprido para cima de Carminha, ele se controlava e pensava na escalação da pelada de domingo. Afinal, não ficava nem bem ele arrastar uma asa para a namorada do melhor amigo, não é?

◆ ◆ ◆

Deixando a pergunta no ar, a mãe deu por encerrada a história do Peteleco. Ana Flor, com os olhos vidrados, prestava a maior atenção. Mas resolveu não demonstrar muito interesse e deu dois pequenos bocejos. Em seguida, perguntou, esfregando os olhos:

– Você está perguntando pra mim, mãe?

– O quê? – disse a mãe, tentando descobrir se a filha tinha gostado da história.

– Se eu acho que não ficava bem o Peteleco ficar de olho na Carminha?

– Estou, ora! Pra quem mais?

– Pois eu acho que não tem nada a ver, mãe. O Peteleco chegou primeiro. Ele tinha mais direito.

– Que é isso, Ana Flor? O namorado da Carminha era um cara legal, amigo...

– Eu sei, mãe. Mas duvido que ele goste mais da Carminha do que o Peteleco. Du-vi-d-o-dó! Ah, não! Se eu fosse o Peteleco, eu lutava pela Carminha até o fim. Aprendia a jogar futebol, virava fera em tudo... e conquistava ela!

– E a amizade, não conta? – perguntou a mãe.

– Claro que conta! Mas do jeito que o Peteleco é, ele ia viver infeliz sem a Carminha! Quando a gente gosta de verdade, desse jeito assim grande, tem que fazer tudo por amor, mãe.

Dizendo isso, Ana Flor deu um bocejo muito grande, tão grande que a mãe achou que já era hora de dizer boa-noite. Apagou a luz e saiu do quarto.

De verdade mesmo, Ana Flor não estava com tanto sono assim. Estava mesmo era ansiosa para conversar com o travesseiro. Aquela história do Peteleco tinha lhe dado muitas ideias... Precisava pensar no que devia fazer no dia seguinte para reconquistar Caio.

Por amor, tudo!

4

No dia seguinte

No dia seguinte, Ana Flor não pôde colocar em prática as ideias que teve para reconquistar Caio. Logo que chegou em casa, o telefone tocou. Era Paulinha.

– Ana Flor, você está pensando em descer para falar com o Caio?

– Estou. Você vem comigo?

– Posso até ir, mas não vai adiantar nada – falou Paulinha, com ar misterioso.

– Por quê? – perguntou Ana Flor.

– Porque eu vou, mas ele não vai. O Caio está com febre!

Paulinha sabia tudo sobre Caio porque eles estudavam na mesma escola. Iam e vinham de condução. E, como ela *nunca* tinha vergonha de perguntar *nada*, costumava perguntar *tudo* a todo *mundo*.

– Febre! – exclamou Ana Flor, sem acreditar em tamanha falta de sorte.

Paulinha apressou-se em contar:

– Nem voltou da escola comigo. A mãe foi buscar antes. Parece que ele foi patinar no gelo com o pai, mas sem casaco, e baixou uma gripe!

Ana Flor ficou arrasada.

– Puxa, puxa! Coitadinho do Cainho!

– Não sofre, garota. Não dramatiza. Não é nada demais – informou Paulinha.

Ana Flor se deu conta de que a amiga estava informada demais e perguntou:

– Como é que você sabe de tudo isso?

– Eu tenho as minhas fontes! – disse Paulinha, com voz de metida.

Paulinha era a melhor amiga de Ana Flor. Nunca tinha namorado, por isso vivia intensamente cada passo do namoro de Ana Flor. Sentia como se fosse com ela, torcia, dava opinião, conselhos mil e metia-se em tudo. Não media esforços para obter uma informação e era ótima para descobrir todas as fofocas do prédio.

– Parece que a mãe do Caio ficou danada e deu um chilique com o pai...

Ana Flor não gostou da fofocada e avisou:

– Paulinha, Paulinha... Um dia ainda te pegam xeretando a vida dos outros...

– Duvido, Ana Flor. Quando quero descobrir alguma coisa, sou mais eficiente que as Panteras!

Paulinha caiu na gargalhada. Ana Flor acabou rindo também. E mudaram de assunto.

Depois do jantar, Ana Flor foi atrás da mãe, que estava envolvida com mil problemas no computador.

– E então? Já desistiu da aposta? – cobrou a menina.

Para surpresa de Ana Flor, a resposta foi negativa:

– É claro que não!

Tentando disfarçar a alegria, Ana Flor perguntou, como quem não quer nada:

– Que história você vai contar hoje?

– É surpresa. Espera um pouco que já estou terminando aqui – respondeu a mãe.

Logo mãe e filha já estavam se ajeitando no sofá da sala, uma se recostando nas almofadas, a outra se estirando com os pés para fora.

E então a mãe de Ana Flor contou uma nova história de amor: um caso de bichos. Para mostrar que amor não dá só em gente, não. Tem bicho que sofre pra burro por causa de amor não correspondido.

Quatro patas de um amor impossível

Era uma vez um cachorro, desses bem pequenos, de pelo colorido, que ficou doido por uma cadela três vezes maior do que ele... sentada. Kim amava Nina. Mas não foi amor à primeira vista, não. Demorou para ele descobrir que Nina era sua alma gêmea. Foi, sim, um amor à primeira saudade.

Kim era um cachorro já velho na casa onde ele morava, da raça york-não-sei-o-quê-terrier. Por causa desse nome estrangeiro, era bem metido à besta. Não brincava com as crianças, preferia mil vezes a companhia de adultos. Nunca latia para estranhos nem vigiava a casa. Tinha medo de tudo o Kim. Para falar a verdade, era um chato de galocha e lacinho de fita no cabelo, mais conhecido como "cachorrinho de madame". Resultado: a meninada não gostava nada dele. A casa parecia uma casa com cachorro, mas sem cachorro.

Então, um belo dia, o pai das crianças trouxe a Nina.

A Nina era tudo. Linda, dourada como o Bruce da Carminha, da raça labrador também. Tinha apenas alguns meses, mas já era grandona e forte como um touro. Moleca como ela só: brincava de cabo de guerra com o pano de chão e vivia abanando o rabão quando as crianças chegavam. Era alegre pra cachorro. Quando chegou, foi logo se apresentar ao Kim, na maior simpatia. Claro que Kim deu uma esnobada na pirralhinha, mas Nina era boa "menina" e nem ligou. Continuou atrás dele, chamando para brincar todos os dias. E o Kim, nem aí!

Aos poucos, Nina foi crescendo, crescendo e ficando mais engraçada.

Kim não dava o braço a torcer, mas começou a reparar nessa alegria. Bastava uma pessoa passar pela porta da casa para ela sair correndo, rebolando e latindo. Fazia um barulho danado! Às vezes, pegava os passantes de surpresa, que davam um pulo de susto. Era um mico! Quando não tinha nada para fazer e o dia estava muito calmo, Nina azucrinava as moscas, brincando de pegá-las com a boca. Também adorava morder bolhas de sabão que saíam do tanque de lavar roupa. Nina era tão divertida e popular que Kim começou a achar graça. Bastava alguém descer uma escada, passar por algum canto estreito ou abrir uma porta fechada, para Nina se intrometer entre as pernas do desavisado. Não era raro dar rasteiras sem querer, derrubar vasos, esconder-se atrás das roupas no varal e depois vir abanando o rabão, pedindo carinho. Não é só gente que ri, não. Cachorro também dá sorriso quando se diverte. E Kim passou a dar muitos com as maluquices de Nina.

Ele não admitia: não corria atrás nem brincava com ela; mas a verdade é que aquela cadela, jovem, bagunceira e estabanada, alegrou a vida do velho cão rabugento. Mas Kim só percebeu quando já era tarde, no dia em que Nina foi embora: o dia mais triste do ano.

❖ ❖ ❖

Nina foi envenenada. Nunca pegaram o criminoso, nem sequer um suspeito... Quem seria capaz de fazer uma maldade dessas é coisa que não se sabe, só se imagina. Talvez alguém que odiasse cachorro, talvez algum passante cansado de levar susto, ou simplesmente uma pessoa muito, mas muito má, fez o que fez, deu no que deu: ofereceu carne com veneno e Nina aceitou.

Numa segunda-feira cinzenta – mais cinzenta do que todas as segundas-feiras – a casa acordou com Kim ganindo que nem doido e Nina desmaiada no quintal, praticamente sem vida. O pai das crianças tentou reanimá-la, mas em vão. Até aquele momento, ninguém sabia o que tinha acontecido nem desconfiava de que uma cachorra tão bacana pudesse ter sido envenenada.

– A Nina morreu? – foi só o que a menina conseguiu perguntar.

Ainda não. Mas tinha que ser levada imediatamente ao pronto-socorro de cachorro. O pai precisou da ajuda de dois adultos para colocar a Nina no carro... e foi.

Naquele dia, a casa inteira chorou. Ficaram todos à espera de notícias, contando cada minuto, aguardando a volta de Nina. Mas ela não voltou. O pai chegou do hospital sozinho e veio com a bomba:

– Foi veneno.

Veneno? Revolta geral na família. No meio do rebuliço, o pai completou:

– A boa notícia é que a Nina é forte e deve ficar boa.

Mas demorou, viu? Dias, semanas inteiras para Nina voltar... É quando se espera por alguém que está longe que se repara em como é injusto um dia ter 24 horas e uma semana, sete dias.

Todo mundo daquela casa sentiu uma falta danada daquela cachorra maluquete. Todo mundo mesmo. Até Kim. Aliás, *principalmente* Kim. Pois foi só depois que Nina ficou doente que o rabugento percebeu que estava apaixonado. E que dependia dela para ser feliz. O velho ficou tão triste, tão arrasado, que parou de comer. Andava pelos cantos, furibundo, de orelha caída e moral lá embaixo.

– Kim, não se preocupe, a sua amiga vai voltar! – a menina disse ao pobre apaixonado.

Não adiantou. É que esse tipo de palavra, de língua de gente, cachorro não entende. Ou então ele entendeu, mas não quis acreditar. E continuou tão triste que por pouco não foi parar – ele também – no hospital. Será que era esse o plano de Kim?

Um dia, Nina voltou. Estava fraquinha, bem abatida ainda, magra, coitada! Na certa, tinha sentido falta de casa.

Mas não o bastante para parar de crescer: estava maior ainda a bicha! E com o astral lá no alto. Com ela, a alegria da meninada voltou. E vocês não imaginam a alegria de Kim. O velho até rejuvenesceu. Pulava tanto que esqueceu o reumatismo. Queria era alcançar a boca da amiga. Vai ver para dar um beijinho! Nina latiu para ele, como se dissesse:

– Sossega, pirralho, se enxerga! Olha o meu tamanho agora!

E ele não sossegava nem tinha vergonha. Se ela fazia festa para outra pessoa, ele mordia o rabão dela e exigia a atenção só para si. Mas agora era Nina quem esnobava, "...e o Kim, só babando"!

E foi assim que, a partir daquele dia, Nina ganhou um companheiro. Em todos os lugares em que ela ia, em todas as horas do dia... onde estava Nina, ao lado estava Kim. Se ela latia, latia ele, fininho atrás. Se ela corria, pulava ele atrás. E se ela fazia besteira – porque isso ela sempre fazia – ele fugia com ela. Apesar das diferenças, ficaram tão amigos, tão próximos que a amizade era assim como um casamento. Só não era mesmo de fato porque Nina não dava o menor mole para o Kim e o tratava apenas como amigo. Afinal, ela tinha senso de ridículo: como podia namorar um peludinho que cabia na sua pata?

Era tão engraçado de ver como aquele ex-metidão, chato de galocha e lacinho de fita no cabelo, não tinha vergonha de ser tão apaixonado, de correr tanto atrás e ficar tão babão em cima de uma cachorra que era três vezes maior que ele... sentada.

Quem diz que "tamanho não é documento" nunca olhou para Kim e Nina. A diferença de tamanho tornou aquele amor impossível!

◆ ◆ ◆

Quando a mãe terminou, já era tarde, mas Ana Flor não deixou de lamentar a sorte de Kim:

– Bem que o Kim podia ter ficado com a Nina, mãe...

– Ele ficou, Aninha. Mas de outro jeito. Teve que se contentar em viver um amor platônico.

— Amor o quê? – estranhou a garota.

A mãe explicou:

— Amor platônico. Um tipo de amor que vive só em sonho, na vontade ou na imaginação, nunca vira nem beijo, nem abraço, nem casamento, nem declaração de amor.

— Já entendi. É tipo o pior do universo – concluiu a menina; e continuou: – Mãe, cachorro também morre de amor?

— Acho que sim. Como diz o ditado: pra morrer, basta estar vivo. E, pra morrer de amor, basta estar apaixonado.

Ana Flor ficou com uma expressão sonhadora, tão sonhadora que a mãe resolveu perguntar:

— Aninha, você gosta de história de amor impossível?

— Gosto. É um pouco triste, mas eu gosto. Você sabe outra, mãe?

— Sei. Uma bem legal. Dessa vez, aconteceu com gente. Com uma menina sonhadora, chamada Mariana.

Ana Flor arregalou os olhos, louca para conhecer a história de Mariana.

— Amanhã... Eu conto amanhã, tá bom? É uma por noite.

Essa história de "uma por noite" dava uma aflição! Ana Flor queria que a mãe contasse tudo de uma vez. Mas trato é trato.

Enfim, a menina mal podia esperar a noite seguinte para ouvir a história de Mariana. Uma história de amor impossível.

5

NO OUTRO DIA, A TERCEIRA NOITE

Chuva. Muita chuva.

Dias assim são mais tristes do que os outros. E mais atrapalhados também. Tem que abrir guarda-chuva na rua, fechar quando entra nos lugares, lembrar de pegar na saída e, se não estiver chovendo, quase ninguém lembra. Tem que usar capa por cima da roupa, ou então casaco para não molhar tudo. Pior que a mochila sempre molha e os pés também – encharcados.

Ana Flor morava bem perto da escola. Ia e vinha a pé e só tinha que atravessar uma rua grande, cheia de carros engarrafados e estressados em dias de chuva. A distância pequena ficava grande quando a água caía. Era uma amolação. Tinha que driblar poças para não chegar na escola com a barra da calça toda molhada. Na volta para casa, era diferente. Ana Flor fazia questão de pisar em todas, às vezes até de pular em cima. Era bem mais divertido espirrar água na roupa.

Em dias de muita chuva, quase ninguém aparece no *play*. Ainda mais estando doente, como Caio. Se Ana Flor quisesse mesmo falar com ele, só se criasse coragem e tocasse na casa dele.

Será? Que nada! Ana Flor resolveu não ligar mais para a chuva nem para a gripe de Caio. Ela só queria chegar em casa logo, fazer os deveres, esperar a mãe terminar de trabalhar e ouvir a história de amor de Mariana.

Parecia um ótimo programa para um dia de chuva.

E foi.

Um ídolo do outro lado da linha

Mariana, aos dez anos, era uma menina muito romântica. Um dia, apaixonou-se perdidamente por um ator que ela viu na televisão. Ele era o herói de um filme de surfista, fazia o tipo bem carioca da praia do Pepê: pegava onda, namorava todas as gatas e era um gato chamado André. Mariana cismou que ia casar com ele quando crescesse. Era apenas questão de tempo!

Ela gamou tanto, ficou tão fissurada que passava os dias, as noites, as tardes e os fins de semana inteiros pensando NELE. Pendurou fotos do seu ídolo por todo o quarto. Detalhe: o quarto não era só dela. Mariana dividia o quarto com a irmã mais nova, Luiza, que, por ser mais nova, não tinha direito a opinião. Luiza achava André horrível. E passou a achar mais ainda porque até enjoou de acordar e ir dormir vendo a cara dele, olhando para ela em todas as paredes. Irmã mais nova sofre.

Um dia, Mariana cansou de ser tão apaixonada por alguém que nem sabia que ela existia. Resolveu tomar uma *atitude de mulher* e fazer com que o galã falasse com ela.

– Não posso continuar assim – desabafou com Luiza. – Quero declarar todo o meu amor! Ele vai ter que saber de tudo logo.

Luiza bem que achou que a irmã estava com um parafuso solto; a coisa estava indo longe demais. Era melhor contar tudo para a mamãe, antes que... Antes que o quê? O que uma menina de dez anos podia fazer demais? Nada. E nada foi o que Luiza fez.

Mariana tomou coragem e procurou na lista telefônica o telefone do seu ídolo. Deu a maior sorte: foi fácil encontrar. Pelo endereço, descobriu que ele morava bem longe – na verdade, era apenas em outro bairro, mas uma distância incrível para quem tem apenas dez anos... Resolveu apenas ligar, afinal, queria ouvir *aquela voz* falando com ela, sentir *aquela respiração* respirando com a dela... Ligou. Tocou uma. Tocou duas. Tocou três...

Ele atendeu!

– Alôuuu?

Que voz. Que charme. O bonitão não falava apenas "alô", como todo mundo. Isso não! Ele falava diferente, alongando o "ô" como se tivesse um "u" depois: "alôuuu...?"

Mariana quase perdeu a respiração. Ficou paralisada, com o telefone na boca, e a boca aberta... muda! Não saía um som. Ela não tinha coragem nem para inventar uma fala nem para confirmar se aquela voz era dele mesmo. Podia ser de outra pessoa... quem sabe?

Não. Era dele. Ela sabia, tinha certeza!

– Alôuuuu? – ele insistiu. E nada!

O nervosismo ganhou. Mariana bateu o telefone na cara do ídolo.

– Amanhã, eu ligo de novo – ela disse. Vou ensaiar uma fala antes.

Por que ela não ligou logo no mesmo dia, Luiza não sabe.

Vai ver preferiu jogar o problema para o dia seguinte. Até lá podia relembrar mil vezes o momento mágico em que falou com seu amor pela primeira vez:

– Você viu? Ele falou comigo! Ele falou comigo, Luiza!

E contou em detalhes trocentas vezes o som daquela voz especial que falava "alôuuu", e não "alô". Foi dormir tarde da noite, feliz da vida, vitoriosa. Não conseguia parar de pensar no dia seguinte:

– Amanhã vou ligar de novo! Vou falar com ele!

O amanhã chegou. E, na mesma hora do dia anterior, ela ligou de novo. E de novo não falou nada. Ficou mudinha da silva.

– Alôuuu? – ele, ansioso, do outro lado da linha.

Mariana respondeu apenas com um suspiro. Dessa vez, foi ele quem desligou na cara da menina, impaciente.

– Ô, Mariana, você não vai falar nada? – perguntou, também impaciente, Luiza.

Ia falar. Mas não falou e ficou para o outro dia.

– Amanhã, vou ligar de novo e dizer tudo, tudinho.

Mas, no dia seguinte, a história se repetiu: mais uma vez, ela não disse nada, nadinha.

No outro dia, também não. E no outro outro dia, também não mesmo.

– Assim já é demais! Que ridículo! Você nunca vai falar com ele, não? – explodiu Luiza.

Mariana respirou fundo, se encheu de coragem e gritou, furiosa:

– Não!!! E daí?

Foi aí que Luiza percebeu que Mariana tinha razão.

Falar o quê? O que uma menina como ela podia dizer a um ídolo que não parecesse uma grande besteira?

Era melhor ficar calada, não dizer nada e sonhar um pouco todo dia. Acho que ela se tocou que seu amor era impossível. E se contentou com a emoção de ouvir aquela voz. Quando se está apaixonado, basta pouca coisa para a gente se sentir a pessoa mais feliz do mundo!

Assim, todos os dias, Mariana repetia o mesmo ritual. Chegava da escola, almoçava, fazia os deveres e corria para o telefone. Discava o número de André, o surfista mais lindo da televisão, e esperava.

– Alôuuu? – era sempre a mesma voz, cada vez mais chateada.

Às vezes, era ela quem desligava. Na maioria das vezes, era ele quem batia o telefone com força. Mariana nunca teve coragem para mais nada, mas aquilo lhe bastava: era como um encontro, um momento só dela sozinha com ele, do outro lado da linha. Naquela hora, o ídolo não era ídolo. Era dela.

Durou mais de mês esse namoro.

❈ ❈ ❈

Ana Flor olhou um tempo pela janela, desolada com a chuva forte que caía. Na certa, no dia seguinte, se o tempo continuasse assim, o *play* ficaria vazio de novo. Mas se ela resolvesse fazer alguma coisa, como descobrir o telefone de Caio (o que não era difícil), teria coragem de falar com ele? Ou ficaria muda como Mariana ficou?

– Mãe, como acabou o namoro da Mariana? – perguntou Ana Flor, interrompendo seus próprios pensamentos.

– Sabe que eu não sei? Como você acha que acabou? – perguntou a mãe.

– Sei lá. O ídolo podia mudar o número do telefone. Aí a Mariana não ia poder mais ficar ligando...

– Se eu fosse ele, faria isso mesmo – disse a mãe.

– Eu, não. Se eu fosse ele, colocava um detector de chamadas, descobria o número da Mariana e ligava pra mãe dela, reclamando. Ela ia tomar uma bronca pra aprender a não passar trote!

Ana Flor ficou horas só imaginando a cena da bronca.

Em seguida, mãe e filha engrenaram num papo animado antes de dormir. Cada uma resolveu confessar o nome de seu ídolo. E ficaram horas só imaginando as loucuras que iam fazer se um dia encontrassem com eles.

6

MAIS UMA NOITE, MAIS UMA HISTÓRIA

Era sexta-feira. O dia mais feliz da semana. Tudo pode acontecer numa sexta-feira, porque o dia seguinte é sábado!

Nem bem Ana Flor chegou à portaria do prédio e deu de cara com Paulinha.

– É hoje, Ana Flor! Sobe rápido, sobe!

– Por que, maluca?

Ana Flor vivia chamando Paulinha de maluca. Mas a amiga parecia mesmo uma doida às vezes. Principalmente quando ficava entusiasmada.

– O Caio! Ele ficou bom. Bom, não, ótimo! Eu vi quando ele chegou no *play* pra jogar bola! Ele está lá! Agora!

Enfim... até que enfim. Ana Flor finalmente ia encontrar Caio. Já não era sem tempo, estava na hora de esclarecer as coisas. Ela precisava contar que sua mãe esqueceu de lhe entregar o bilhete. Por isso, não desceu na segunda-feira. Mas como contar sem morrer de vergonha?

– Você acha que ele vai falar comigo, Paulinha?

– Claro que vai. Só se ele for um trouxa que não!

Então, animadíssimas, lá foram as duas amigas procurar o Caio no *play*.

E foi só Ana Flor ver Caio, jogando bola, e abrir um enorme sorriso para... levar uma superbolada na cara!

Isso mesmo. Caio estava com raiva de Ana Flor desde segunda-feira. E, quando ele viu a ex-namorada, olhando para a cara dele, rindo, simpática, o garoto só teve uma reação: mirou bem a bola e pum!!! Chutou. Bateu em cheio.

Ana Flor ficou passada.

Como se não bastasse, o Caio caiu na gargalhada.

Ana Flor ficou passadíssima.

Como não era de levar desaforo para casa, imediatamente pegou a bola e a arremessou tão forte, tão direto, que Caio nem teve tempo de fugir. Bateu no peito dele. E como doeu! Mais do que a bolada na cara.

– Aiiii! – gritou Caio.

– Bem feito! – disse Paulinha.

Ana Flor não disse nada. Virou a cara, ainda furiosa. Antes de entrar no elevador, teve tempo de ouvir Paulinha gritar com Caio:

– Ela não recebeu o bilhete, Zé Mané!

Ana Flor fechou a porta com força e voltou para casa, furiosa.

◆ ◆ ◆

– Ele fez isso, é? – perguntou a mãe, admirada, quando Ana Flor lhe contou o que aconteceu.

– Fez. Não deu nem tempo de explicar nada. Ele é um idiota! Eu sou uma idiota!

Dava pena de ver Ana Flor tão chateada. Mais que chateada: ofendida. Mas a mãe de Ana Flor, sempre ocupada, agora terminando de lavar os pratos do jantar, não parecia tão surpresa assim.

– Pelo visto, o Caio achou que você não gostava mais dele e quis dar o troco. Ele é do tipo que não aceita ser rejeitado. Assim como o João.

– O meu primo João? – perguntou a menina.

– Não. Outro João. Um garotinho que se apaixonou pela primeira vez pela professora. Fez uma confusão danada.

E, falando isso, a mãe enxugou o último prato, guardou o restante da comida na geladeira e começou a contar a história de João.

JOÃO E UM AMOR DE PROFESSORA

João era sensacional. Inteligente, boa gente, contente, pra frente, não mentia, mas era um pingo de gente! Tanta coisa em "ente" e uma só em "ão": apaixonadão. Ele era da quinta série e caiu de amores pela professora de português, linda, gentil, educada e... recém-casada. Foi paixão mesmo, de verdade. Todo dia, não precisava nem a mãe lembrar, ele dava uma prova de extremo amor: escovava os dentes para ir à escola. Também levava presente para a professora: uma flor, uma maçã, um elástico de cabelo, um lencinho, até guardanapo de papel levou, porque achou bonito um que a mãe comprou, todo estampado de flor. A professora agradecia.

– Ah, se todos os alunos fossem como você – não cansava de repetir, porque adorava João, o pingo de gente.

Pingo de gente, porque ele era o menor da turma. Tinha cabelo escorrido, preto que nem a noite, cortado como se tivessem colado uma cuia na cabeça dele. Dentuço como um coelhinho, era meio feiinho o João, tão feiinho que era até bonitinho.

Um dia, a professora leu um texto lindo na sala de aula. Era sobre um amor que todos consideravam impossível: o dia em que a lua e o sol quiseram namorar.

– Não vai dar certo! – gritaram as estrelas em coro.

– Isso passa – disse a nuvem, nublando tudo.

– Impossível! Onde eles vão se encontrar? – resmungou o céu, escurecendo rapidamente.

Apesar de toda a natureza dar contra, os apaixonados não pararam de se apaixonar. E conseguiram arrumar um jeitinho de se encontrar: de madrugada, a lua ia embora cada dia mais tarde e o sol chegava cada dia mais cedo. À tardinha, era a vez do sol se demorar um pouquinho mais e da lua aparecer mais cedo. É por isso que às vezes a gente olha para o céu e vê um e vê o outro. A lua e o sol, tão diferentes, tão ao contrário, foram muito felizes porque não se conformaram com essa história de amor impossível.

João ficou doido quando ouviu o texto da boca da professora. Achou que era um sinal, se encheu de esperança – se a lua podia namorar o sol, por que ele não podia namorar a professora?

– O amor não tem fronteiras, turma! – concluiu a professora, toda romântica.

– A senhora acredita mesmo nisso, fessora? – perguntou João, animadão.

– Claro, João. Quando se ama de verdade, dá-se um jeito pra tudo.

A partir daí, João, pingo de gente, pirou.

Começou a sonhar e sonhar e sonhar e sonhar com a professorinha de português. Planejava tudo: o primeiro beijo, o primeiro abraço, a primeira briga... não, primeira briga, não. Eles nunca iam brigar. Iam viver felizes para sempre que nem o sol e a lua. João chegou a planejar até o casamento! A noiva linda, de véu, grinalda e... Xi, mas ela já era casada! Recém-casada...

– Nada é perfeito. Mas pra tudo dá-se um jeito! – pensou.

E foi aí, então, que João, pingo de gente, boa gente, inteligente, desandou a desgovernar o pensamento e criou um monte de besteira na cabeça. Tornou-se o maior assassino de marido de professora de todos os tempos. Só na imaginação, é claro. Matava o pobre de todo o jeito: um dia, o homem morria afogado na banheira porque não sabia nadar. No outro, escorregava da escada do prédio e torcia o pescoço. Teve um dia em que o coitado foi atacado ao mesmo tempo por um *pit bull* raivoso, uma cobra sucuri e lava de vulcão. Em todos os sonhos, João era o herói que chegava para consolar a viúva. Depois, casava com ela e tinha muitos filhos. Naquele ano, o marido da professora morreu umas sete vezes de morte matada, umas cinco de morte morrida e mais umas três de desaparecimento sem explicação.

Um dia, quando a professora de português estava no meio de uma aula sobre sujeito, predicado e objeto direto – e João só ficava imaginando o objeto que ia jogar direto na cabeça do marido dela –, aconteceu. Não é que ligaram avisando que o marido tinha sofrido um acidente de carro? Um ônibus avançou o sinal e pegou o carro em cheio. Por pouco não tinha acontecido uma tragédia. Felizmente, só o carro se machucou e muito: foi perda total. O marido, por um milagre, se salvou. Naquele dia, a professora largou a turma, chorando, e foi embora para casa às pressas.

Quando João soube do acontecido, pensa que ele ficou feliz?

Que nada, João era um menino boa gente! Ficou assustado, isso sim, com a força do seu pensamento. Sabe, ele ficou até com a consciência pesada.

– Será que devia pedir desculpas? – pensou. Mas nunca teve coragem de pedir.

Foi mais ou menos nessa época que Clarice foi sentar perto dele. Ela era uma menina que só usava tranças, compridas tranças escuras, mais escuras do que o cabelo de João. Pois João começou a reparar na Clarice: os desenhos dela eram lindos, os deveres, um capricho! E as tranças?

– Ah, as tranças da Clarice são a coisa mais linda do mundo! – ele contou para a mãe.

É isso aí. Acertou quem adivinhou que João caiu de amores por Clarice. Ainda bem que o pensamento do garoto não matou o marido da professora. Imagine, a coitada, viúva, querendo casar com João, e ele querendo casar com Clarice? Não ia prestar.

❖ ❖ ❖

Ana Flor ficou encantada com o poder do pensamento de João.

– Na certa foi ele quem provocou o acidente. Eu vi um cara fazendo isso num filme. Uma coisa incrível!

Depois do caso de João, Ana Flor passou a acreditar ainda mais que pensamento tinha forma, cor e força para fazer qualquer coisa. Qualquer coisa mesmo.

Quem sabe não podia até vingar bolada na cara?

Ana Flor queria se vingar (afinal, ainda estava com muita raiva de Caio) e então... naquela mesma noite, antes de dormir, a menina resolveu exercitar a força do seu pensamento.

Mentalizou, mentalizou, mentalizou... Caio, deitado na cama, dormindo. De repente, a cama ficava úmida, mais que úmida: molhada. A cama virava quase um rio, uma poça de chuva, um mar de... xixi. Ana Flor mentalizou Caio fazendo xixi na cama!

Será que aconteceu?

A menina nunca soube se seu pensamento teve força para realizar o desejo, mas se divertiu bastante só imaginando.

7

A ÚLTIMA NOITE

No sábado, uma nova frente fria, vinda do sul do Brasil, chegou na cidade. Muita nebulosidade, temperatura em declínio e pancadas de chuva moderadas. Resumindo: nada de piscina. Mas sábado é sempre sábado. Mesmo quando não se tem nada para fazer, é um dia ma-ra-vi-lho-so. E passa rápido. Tão rápido que quando a gente pisca já é domingo. Ou sábado à noite.

Já estava na hora de a mãe contar outra história. Desta vez, com pipoca e guaraná. Ana Flor deitou nas almofadas, sentindo-se a maior sortuda do mundo, quando a mãe declarou:

– Hoje eu tenho uma surpresa. Vou contar minha história de amor preferida.

Ana Flor arregalou os olhos e abriu um sorriso que

iluminou a sala inteira. História preferida não é qualquer história!

– Só pode ser o máximo! – concluiu a menina, ansiosa por ouvir.

E a mãe contou a história de Bia.

Bicho que complica

Bia era uma menina muito cheia de pensamentos. Pensava tanto que esquecia até de brincar, ver televisão, conversar. O que Bia mais gostava de fazer era pensar na vida. E olhar pela janela. O quarto dela dava para uma floresta, uma imensa floresta cheia de árvores e muitos passarinhos. A paisagem era mesmo linda de se ver. E Bia via.

De tanto ficar na janela, acabou reparando num mico que pulava de galho em galho. Um mico exibido, sem vergonha como ele só, que gostava muito de fazer "miquiquices". Bia ficou sendo a plateia exclusiva dele. Como ria, ria, ria a Bia!

Todos os dias, então, ela passou a ter um encontro marcado. Ficava na janela e esperava pelo mico. Aos poucos, a amizade foi se estreitando e se tornando mais íntima. Bia começou a deixar bananas no parapeito da janela. E logo descobriu que ele tinha um tipo preferido: as bananas-d'água. O mico também descobriu que Bia preferia dar comida na sua boca. E logo passou a comer da mão da menina.

Não demorou muito, ele já estava pulando no colo de Bia para receber, além de bananinhas, carinho na cabeça.

– Mico é nome de todo mico. Acho que vou te chamar de Jonas, que tal? – perguntou Bia certa vez.

Como o mico nada dissesse e continuasse rindo que nem mico ri, Bia achou que estava tudo o.k. com o nome Jonas. E passou a chamá-lo assim.

– Jonas, você é meu melhor amigo, sabia? Você nunca falta. Todo dia vem me ver.

Todos os dias, sem contar com os dias de chuva. Aí, Jonas não aparecia mesmo. E Bia, dentro de casa, suspirava, pensando:

"Ai, que saudade do sol!"

Foi num verão cheio de dias tristes de chuva, água que não parava de cair e relâmpagos que não paravam de assustar, que Bia teve um pensamento estranho, desses que já nascem roxos de ciúme. Esqueceu que micos não têm guarda-chuva e pensou:

"Onde será que o Jonas se mete quando está chovendo? Será que fica na toca, trancado tantos dias assim? Ou será que... vai visitar outra menina?"

Esse pensamento horrível grudou na cabeça de Bia. E martelou dias seguidos, sem parar, que nem a chuva.

Tanto martelou que cresceu e virou outro, pior ainda:

"Preciso descobrir onde essa garota mora!"

Como ficava muito difícil para uma menina perseguir um mico pelas árvores, ela logo viu que era impossível descobrir onde a garota morava. Que garota? A garota do pensamento de Bia, que ela já dava por certo que existia.

Foi aí que teve outra ideia. Daquelas famosas ideias de jerico.

"O Jonas pode ir aonde quiser. Não me importo. Mas todo mundo vai ter que saber que ele é meu amigo. Só meu, mais do que de todo mundo."

Como se amizade precisasse se mostrar aos outros. Como se amor pudesse se medir em mais ou menos... Como se uma menina pudesse prender um mico. Logo um mico de floresta!

Bia armou um plano e começou a juntar dinheiro no cofrinho. Toda grana que ganhava, mesada ou presente, tinha um destino: comprar uma coleirinha para o Jonas.

– Ele vai ficar lindo! E todo mundo vai saber que o Jonas tem dona!

À tarde, quando Jonas chegava, Bia ia logo dizendo:

– Jonas, você vai ganhar uma surpresa. É uma coisa linda! Você vai amar.

Mas não abria a boca para dizer o que era. Talvez, se abrisse, o Jonas ia conseguir explicar:

– Bia, fala sério! Coleira dá coceira!

Finalmente, chegou o dia em que a Bia pôde comprar a coleira. Comprou uma linda, vermelha com pedras brilhantes, cor de ouro. Um luxo! Bia não fez economia.

– Quero a mais linda pro meu melhor amigo!

O presente demorou a ser dado. Bia teve que controlar a ansiedade, porque houve muitos dias de chuva seguidos. Nada de o Jonas aparecer.

Quando, enfim, o sol voltou, Jonas também retornou, fazendo mais "miquiquices" do que nunca. Também sentia saudade e ficava louco para ver Bia. Mas, nesse dia, quando pulou na janela, se assustou. Em vez de banana, tinha uma coisa esquisita, brilhante, esperando por ele. Bia agarrou Jonas, com força:

– Jonas, surpresa! É pra você! E pra você nunca esquecer de mim!

Jonas tentou se soltar, não gostou daquelas mãos amigas lhe prendendo. Esperneou, remexeu, gritou. Bia, nem aí. Com muita dificuldade, conseguiu colocar a coleira em Jonas.

– Pronto. Agora sim. Você ficou lindo!

Mas Jonas não concordou. Olhou para Bia com uma cara triste, até que deixou cair uma lágrima de susto. Não quis beijo, nem afago, nem carinho na cabeça. Muito menos bananinhas. Bia não entendeu, mas percebeu tudo. Jonas pulou num galho de árvore. Depois pulou para outro e mais outro e mais outro. Lá bem longe olhou para trás, para Bia na janela. E foi como se dissesse adeus.

Bia chamou:

– Jonas, volta aqui! Você não gostou do presente?

Jonas pulou mais para longe, tão longe que nem o brilho da coleira se podia ver. E sumiu. Nunca mais Jonas apareceu.

E Bia chorou.

❖ ❖ ❖

Quando a mãe terminou de contar a história de Bia, Ana Flor continuou quieta por alguns segundos, olhando com seus olhos arregalados, como se estivesse esperando muito mais por vir. Como percebeu que não saía mais nada da boca da mãe, abriu mais ainda o olhar e reclamou indignada:

– Mãe, fala sério! Acabou assim?

– Assim como, Ana Flor?

– Com a Bia chorando...

– Ora, ela tentou botar coleira num mico de floresta! Se deu mal – explicou a mãe.

– O Jonas também se deu mal! Ficou sem as bananas, sem a Bia e com a coleira! Quem mandou ser tão radical?!

Segundo o pensamento de Ana Flor, o mico tinha que ter dado um jeito de manifestar seu desagrado com a coleira, sem sumir.

– Se ele começasse a gritar e se coçar. Gritar e se coçar, sem parar! A Bia ia perceber tudo e então ia mudar de ideia, sacou?

– Saquei que você adora um final feliz – concluiu a mãe.

– Gosto mesmo. Mas só eu gostar não adianta, né, mãe? A minha história também não teve final feliz...

Ana Flor, é claro, estava se referindo ao final infeliz do namoro com Caio.

– Minha filha, não seja tão dramática! Você ainda é muito nova. Tudo ainda está longe do final... feliz ou infeliz.

Ana Flor não concordava. Dramática era a mãe. Na vida, é mais simples: final feliz termina com beijo grande na boca; infeliz, com lágrimas nos olhos ou bolada na cara... Ana Flor estava louca para experimentar o primeiro. Bolada na cara já sabia como era. Dava raiva e vontade de *acabar* com o namorado. Ou melhor, ex-namorado...

Pelo menos se Caio aparecesse no *play* mais uma vez... Ele sumiu de novo! De tarde, mesmo com a chuva fina, Ana Flor desceu para brincar com os amigos. Andou de *skate* à beça com Maurício. E nada de Caio aparecer...

Nada de Caio aparecer mesmo! Mas, em compensação, o que apareceu foi um sentimento muito estranho no coração de Ana Flor: pela primeira vez, ela sentiu *uma* coisa por Maurício. E olhou para o garoto com outros olhos!

"Nossa, o Maurício é um gatinho! E é tão esperto...", pensou, sem controlar o pensamento. E logo depois já estava morrendo de vergonha.

Ana Flor descobriu que pensamento, quando dá de pensar sozinho, surpreende tanto que mata qualquer um de susto. Ainda bem que fica escondido, guardado dentro da cabeça. Senão... Que confusão!

– Ana Flor, tenho uma declaração a fazer – falou a mãe, interrompendo os pensamentos da menina. – Chegamos ao final do nosso combinado. A história da Bia foi a última que contei.

A mãe explicou:

– Hoje é sábado, o último dia da semana. O combinado era contar uma história até o fim da semana.

Depois, Ana Flor tinha que dizer – com toda a sinceridade – se achava que a mãe era mesmo insensível ou não.

Ana Flor levou um susto, pois já tinha esquecido do trato. Tentou negociar do único jeito que lhe passou pela cabeça:

– Quem disse que sábado é o último dia da semana? É domingo! – gritou a menina.

– Ana Flor, olha a apelação! Vamos resolver a nossa história agora e ponto final.

– Ah, mãe, deixa de ser radical que nem o Jonas. Fala sério!

A mãe não estava a fim de negociar. Afinal, queria logo ser "desculpada" pelo seu deslize.

– Fala sério você! Vamos ao que interessa: Aninha, você acha que uma pessoa que conhece muitas histórias de amor – pelo menos cinco, assim que nem eu – merece ser chamada de insensível?

Ana Flor não queria responder. Não queria que aquele momento mágico de todas a noites acabasse assim, em plena noite de sábado, seu dia mais querido. A única saída foi apelar mais uma vez:

– Vou pensar melhor antes de responder, mãe.

— O quê? — gritou a mãe, já pensando em dar uma bronca na abusada.

— Não é você mesma quem diz que se aconselhar com o travesseiro é ótimo pra evitar dizer besteira? Pois, então, vou pensar na cama e amanhã eu falo.

A mãe de Ana Flor esbravejou algumas vezes, reclamando muito, mas sem muita convicção. Na verdade, pela demora da filha em dar a resposta, podia apostar que já sabia o resultado.

Era esperar e confirmar. Ou não.

8

O FINAL

Tempo é que nem gente. Quando quer, muda, sem dar aviso nem satisfação a ninguém. Esnoba as previsões e faz o que quer com o dia e a noite, seja primavera ou verão. Foi assim mesmo que aconteceu naquele domingo.

Contrariando todas as previsões meteorológicas que diziam "Domingo de chuva no Rio de Janeiro", o domingo amanheceu brilhando de sol.

Ana Flor pulou da cama cedo e, quando viu pela janela o dia lindo, resolveu acordar a mãe e propor um passeio de bicicleta no Aterro do Flamengo. A pista fechada para os carros transformava a enorme avenida no paraíso dos ciclistas. As duas adoravam pedalar do Flamengo até Botafogo, parando de quando em vez para tomar uma água de coco. Há um tempão não faziam esse passeio, o preferido de Ana Flor quando ela tinha oito anos.

Quando a menina ia entrando no quarto, viu que a mãe dormia tanto e tão profundamente que desistiu. Ou melhor, deu um tempo.

"A gente pode ir mais tarde", pensou, com pena de acordar a mãe.

Ana Flor tinha conversado muito com o travesseiro aquela noite. E tinha chegado à conclusão de que aquela era a melhor semana que ela tinha passado entre todas. Não que ela tivesse gostado do que a mãe fez na segunda-feira, mas ela tinha *adorado* o que a mãe fez nos outros dias. No final das contas, saiu no lucro, embora tivesse perdido a aposta.

"Para selar as pazes, nada melhor do que eu preparar um super, hipercafé da manhã especial para ela", pensou a menina.

E, claro, também não podia esquecer de dizer que a mãe não era insensível.

Se bem que, se não dissesse, podia tentar convencê-la de que ainda estava na dúvida. Aí ela ia ter que contar mais histórias... Será que a mãe tinha outras para contar?

Talvez sim. Afinal, histórias de amor não faltam. Dizem que amor rima com humor. Mas, quanto mais Ana Flor via, ouvia e vivia, chegava à conclusão de que amor rima com confusão.

Não é que ela tinha dormido e acordado e continuava pensando no Maurício?

Pensando bem, era até melhor a história com Caio ter

tido um fim. Afinal, que confusão ia ser ficar em dúvida entre Maurício e Caio, Caio e Maurício. Bem-me-quer, mal-me-quer... Quem eu quero, quem me quer...

Neste momento, a campainha da porta tocou. Ana Flor correu para atender, crente que era Paulinha, a única pessoa que tocaria na casa de uma pessoa, sem avisar, domingo às nove da manhã. Ao olhar pelo olho mágico, Ana Flor não viu ninguém no corredor.

Mas a campainha tocou de novo.

Ana Flor resolveu abrir a porta e então viu um pequeno embrulho no chão. Era uma caixa de bombons vermelha, em forma de coração. A caixa mais linda que Ana Flor já tinha visto. Em cima, tinha um cartão que dizia:

Para Ana Flor.

Do Caio.

Era para ela! Do Caio!

Ana Flor se abaixou para pegar a caixa e, antes que tivesse tempo de se levantar direito, foi surpreendida com Caio, ali, na porta, parado na sua frente.

– Que susto você me deu, Caio! Você tá aí! – disse, sem graça.

E, antes que pudesse dizer outra coisa, foi novamente surpreendida. Caio segurou os seus ombros, assim para ela não se mexer nem poder fugir, se aproximou bem pertinho e... sapecou-lhe um beijo na boca.

Depois, ele saiu correndo, pela escada mesmo, que não dava para esperar o elevador.

Ana Flor ficou ali, parada, sem saber o que fazer.

E não fez nada. Sorriu apenas.

Amor... confusão. Confusão... amor.

Quem disse que as histórias precisam ter um fim logo, assim rapidinho?

Foi seu primeiro beijo na boca.

E dele nunca ia esquecer.

◆